AF175638

Corinna Franke

Wanderung

Corinna Franke

Wanderung

(Eine chinesische Erzählung)

© 2013 Corinna Franke

Herstellung und Verlag:
Books on Demand, Norderstedt

ISBN: 978-3-7526-4221-6

4

Inhalt

Teil 1

Vorwort

In den schönsten Tagen eines heißen Sommers brachen drei Freundinnen aus dem Dorf Tse auf, um eine Wanderung zu machen ...

Kapitel 1

Sie wanderten auf den Westhügel. Dort ist auch der „Tempel des Weißen Adlers", den sie besuchen wollten, um der dortigen Gottheit, dem „Weißen Adler" zu huldigen.

Der „Weiße Adler" stand für Intelligenz, Freiheit und Macht, und besonders angehende Studenten zündeten dort ein Räucherstäbchen an, um die Gottheit wohl zu stimmen.

Nach dem sie den Tempel verlassen hatten, nahmen sie unter einem nahen Magnolienbaum eine kleine Mahlzeit zu sich: kalten Reis und gebratenes Hähnchen.

Dann gingen sie über einen Weg in den Bergen zu einer Schlucht, über die eine Hängebrücke führte.

Sie, das waren Suzie, Lin und Issa, drei angehende Studentinnen.

Die Hängebrücke stellte ein großes Hindernis dar.

Also beschlossen sie, ein Stück umzukehren und zum „Tempel des Schwarzen Elefanten" zu gehen. Der „Schwarze Elefant" bedeutete Mut und Beharrlichkeit.

Gestärkt gingen sie ein zweites Mal zu der Hängebrücke und diesmal schafften sie es, die Schlucht zu überqueren..

Auf der anderen Seite war ihr Tagesziel: die „Pagode des Roten Engels". Der „Rote Engel" symbolisierte die Weiblichkeit der Frau.

Suzie, Lin und Issa zündeten zum 3. Mal an diesem Tag ein Räucherstäbchen an und beteten zum „Roten Engel" um Weiblichkeit, also Anmut, Liebreiz, Warmherzigkeit und viele Kinder.

Sie beschlossen im angrenzenden Gästehaus zu übernachten und am nächsten Morgen weiter zu wandern.

Kapitel 2

Am nächsten Morgen stellten sie fest, dass es regnete; davon ließen sie sich aber nicht entmutigen, denn das bedeutete schlammige Pfade.

Sie hatten Glück: nach kurzer Zeit kam die Sonne hervor und sie sahen einen doppelten Regenbogen.

Sie wanderten zum Nordhügel und dem dortigen „Turm des Grünen Stiers". Dieser war Sinnbild für Reichtum und Willenskraft, im Allgemeinen, aber auch im Besonderen, denn Suzie, Lin und Issa wollten nun alle 5 Hügel besteigen.:

außer dem Westhügel, dem Nordhügel auch den Osthügel, den Südhügel und dem Hügel der Mitte, der symbolisch für China, das Reich der Mitte, stand.

Beim „Turm des Grünen Stiers" angekommen, kauften sie sich Erdnüsse, die sie im Innern des Turms in ein Feuer warfen, um die Gottheit zu erfreuen.

Den Nachmittag verbrachten sie am nahen Fluss, und bei Sonnenuntergang sahen sie durch die feucht-warme Luft einen zart-rosa Himmel.

Die Freundinnen sprachen bis in die Nacht über ihre Zukunftspläne und Träume.

Suzie wollte Englisch lernen und später in England leben.

Lin wollte eigentlich gar nicht studieren; ihre Eltern wollten es so. Sie wollte lieber ihren heimlichen Freund Dschung heiraten und eine Familie gründen.

Issa wollte nicht heiraten. Sie wollte die Dichtkunst studieren und später eine berühmte Schriftstellerin werden.

Die drei Freundinnen reichten die kleine
Flasche mit Sake herum und genossen die
kühle Luft nach einem heißen Sommertag.

Kapitel 3

Der nächste Tag brachte Schwüle; die Seidenkleider klebten an ihren Körpern.

Sie machten sich auf den Weg zum Osthügel. Dort in den Bergen stand der „Tempel des Lichts". Er stand für Freude und inneren Frieden.

An diesem Abend, als sie den Tempel nach 10stündiger Wanderschaft erreichten, war der Himmel gelb.

Sie zündeten ein Räucherstäbchen und eine kleine Kerze an und beteten.

In dieser Nacht schliefen sie tief und fest in Bambus-Hängematten im angrenzenden Birnenhain.

Der süße Duft der Birnen verschönerte ihre nächtlichen Träume.

Erfrischt wachten sie am nächsten Morgen auf.

Kapitel 4

Nun ging es zum Südhügel.

Dieser Weg war sehr beschwerlich, da man mehrere Treppen bergauf und bergab nehmen musste.

Die vielen Treppen hatten meist um die 100 Stufen.

Doch Suzie, Lin und Issa waren wie euphorisiert. Sie sprangen die Treppen hinauf und hinab, getrieben von der Freude auf den „Palast des 7fachen Glücks".

Den hatte einst ein Kaiser bauen lassen, als Dank für die Geburt seines ersten Sohns nach 6 Töchtern.

Der Palast enthielt schöne Statuen, alte Bilder und Schriftrollen und in der Mitte ein Taufbecken aus purem Gold.

Die drei Studentinnen waren begeistert und Lin versprach, ihren Erstgeborenen hier taufen zu lassen.

Der Tag war schnell vorbei und in der Abendsonne unter einem schattigen Pinienbaum sprachen sie über die Liebe.

Suzie wollte einen reichen Mann, der mit ihr nach ihrem Studium nach England ging. Sie hatte bis jetzt ein paar Affären gehabt, aber nichts Ernstes.

Lin wollte ihren Dschung, den sie sehr schätzte und liebte, heiraten.

Bei Issa war es etwas schwieriger mit der Liebe. Sie hatte schon viele Liebesgedichte gelesen und geschrieben, über unerwiderte oder unerfüllte Liebe.

Sie hoffte, die große Liebe zu finden. (Nicht von ungefähr wollte sie später Schriftstellerin werden.)

In dieser Nacht sang eine Nachtigall ihr schönstes Lied, bis sie einschliefen.

Kapitel 5

Am 5. Tag nun kam der Weg zum Berg der Mitte.

Dort stand kein Tempel oder Palast, sondern ein tiefer Brunnen.

Der Sage nach wurde der, der eine Münze hineinwarf und ihr Plätschern im Wasser tief unten hörte, 100 Jahre alt.

Der Brunnen, der der „Brunnen der 100 Taler" hieß, war, wie immer, stark besucht und Suzie, Lin und Issa mussten lange warten, bis sie an der Reihe waren.

Alle drei hörten das Plätschern und so wanderten die Frauen zufrieden zurück in ihr Dorf Tse, um von ihrer Wanderung zu erzählen.

Teil 2

Kapitel 6

Zehn Jahre waren seit ihrer Wanderung zu den 5 Hügeln vergangen.

Issa war inzwischen eine recht bekannte Schriftstellerin geworden und hatte sich in der Nähe des Dorfes Tse ein kleines Anwesen gekauft.

Es war Frühling und sie hatte ihre beiden Freundinnen zur Pflaumenblüte eingeladen.

Sie saßen im Garten unter einem Pflaumenbaum in einem kleinen Pavillon und tranken Tee.

Suzie hatte Englisch studiert und einen Amerikaner kennengelernt , dem sie in seine Heimat folgte.

Lin hatte ihr Studium abgebrochen und war mit ihrem Freund Dschung nach Hong Kong geflohen.

Sie hatten geheiratet und einen hübschen Sohn, den sie mitgenommen hatte.

Issa hatte sich bei einem Aufenthalt in einem Tempel in einen buddhistischen Mönch verliebt und über diese unerfüllte Liebe zahllose wunderschöne Gedichte geschrieben, die sie berühmt gemacht hatten.

Issa hatte ein kleines Äffchen als Spielgefährten.

Die drei Freundinnen saßen beisammen und sprachen über ihre erste Wanderung.

Ein Brunnen plätscherte im Garten und die ersten Pflaumenblüten flogen im Wind.

Lin erinnerte sich, wie sie im Palast des 7-fachen Glücks gelobt hatte, ihren Erstgeborenen dort taufen zu lassen.

Die Frauen beschlossen, am nächsten Morgen zum

Südhügel zu wandern und ihr Vorhaben in die Tat um zu setzen.

Kapitel 7

Am nächsten Tag standen sie früh auf und wanderten los.

Ein leichter Schneefall setzte ein und vermischte sich mit den Pflaumenblüten.

Gegen Abend erreichten sie den Palast.

Es wurde eine wunderschöne Taufzeremonie, die von orange-gekleideten Mönchen durchgeführt wurde.

Issa wurde beim Anblick der Mönche melancholisch, weil sie sich an ihre unerfüllte Liebe erinnerte.

Am folgenden Tag wanderten sie zurück und vereinbarten, als sie beim Dorf Tse waren, sich in spätestens 10 Jahren wieder zu treffen.

Kapitel 8

Wieder waren 10 Jahre vergangen und Suzie, Lin und Issa verbrachten ein paar sonnige Tage in der Nähe ihres Heimatdorfes am Wang See, der in einer Schlucht lag.

Sie hatten ihre Familien dabei.

Issa hatte inzwischen ihre große Liebe gefunden, den Schriftstellerkollegen Sinyu.

Die Frauen gingen am Strand spazieren, plauderten und bewunderten die Aussicht.

Die Männer spielten den ganzen Tag Go.

Dsching, Lins Sohn, war mit seiner Freundin angereist und sie verbrachten viel Zeit im Garten des Hotels, der auch ein Labyrinth hatte.

An einem Morgen schlug Dsching seiner Freundin vor, einen Ausflug zu dem nahegelegenen Palast des 7-fachen Glücks zu unternehmen, in dem er getauft worden war und den er ihr gerne zeigen wollte.

Sie liehen sich Esel und kamen erst am nächsten Tag zurück.

Kapitel 9

An dem Abend, an dem Dsching und seine Freundin von der Wanderung zurück kamen, war das chinesische Lichterfest.

Man bastelte kleine Paperschiffchen und setzte ein Teelicht darein.

Außerdem fügte man einen kleinen Zettel mit seinen Wünschen bei.

Suzie wünschte sich eine erfolgreiche Karriere als Dolmetscherin und Geldsegen.

Lin hoffte auf Enkelkinder und auf die Versöhnung mit ihren Eltern.

Issa wünschte sich schöpferische Kraft und inneren Frieden.

Hunderte kleine Schiffe mit Kerzen leuchteten auf dem See.

Kapitel 10

Nach weitern 10 Jahren saßen die drei Freundinnen wieder unter dem Pflaumenbaum.

Suzie war Dolmetscherin eines amerikanischen Gouverneurs. Sie hatte sich von ihrem Mann getrennt und hatte jetzt einen jüngeren Geliebten.

Lin wartete auf Enkelkinder und hatte sich endlich mit ihrer Familie versöhnt.

Issa hatte als reife Frau noch eine kleine Tochter geboren. Silbrige Fäden durchzogen ihr Haar.

Sie beschlossen, noch einmal zum Hügel der Mitte zu gehen und jetzt, da sie um die 50 Jahre alt waren, ihren Wunsch, noch mal so lange zu leben, zu bestätigen.

Sie wanderten am nächsten Morgen zum Brunnen der 100 Taler.

Alle drei hörten wieder das Plätschern am Grunde und Lin, die aus Versehen zwei Münzen hineingeworfen hatte, lachte laut auf, da sie jetzt 200 Jahre alt würde.

Glücklich wanderten sie am folgenden Tag zurück.

Kapitel 11

Nochmals waren 10 Jahre vergangen.

Suzie, Lin und Issa wollten noch einmal, solange sie noch konnten, ihre Wanderung zu den 5 Hügeln wiederholen.

Diesmal war es Winter.

Am Morgen als die aufbrachen, lag Schnee und es war sehr kalt.

Eiszapfen hingen von den Bäumen und schufen wunderschöne Gebilde. Der Schnee glänzte.

Da sie wieder über die Hängebrücke mussten, gingen sie direkt zum „Tempel des Schwarzen Elefanten", um dort um Mut zu beten.

Die Hängebrücke war spiegelglatt und Lin wäre beinahe ausgerutscht, fing sich aber.

Die drei Freundinnen brauchten jetzt für jeden Weg die doppelte Zeit und ruhten sich zwischendurch in Gäste- und Teehäusern aus.

Kapitel 12

Am ersten Abend erzählten sie bis tief in die Nacht.

Suzie war nach China zurückgekehrt und wohnte in Lins Nähe. Sie studierte Französisch und hatte als Dolmetscherin eine Menge Geld verdient.

Lin hatte zwei Enkelkinder und fand genug Zeit, sich der Tuschmalerei zu widmen.

Suzie und Lin führten nebenher in Hong Kong einige Teehäuser, die sie von Suzies Geld gekauft hatten.

Issa hatte mal wieder das Schicksal getroffen. Ihre große Liebe, der Schriftsteller Sinyu, hatte sie wegen einer jüngeren Frau verlassen, was sie wieder

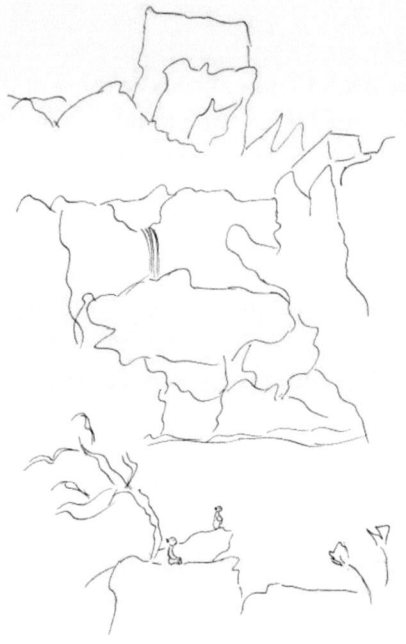

zu einigen wunderschönen, traurigen Gedichten inspirierte.

Aber sie schöpfte auch Mut aus der Freundschaft mit dem Mönch aus ihren Jugendta-
gen, der inzwischen Abt war und in dessem
Tempel sie sich einmal im Jahr für ein paar
Tage aufhielt.

Aus der Verliebtheit war eine platonische
Liebe geworden.

Auf dieser Wanderung bestiegen sie den
„Turm des Grünen Stiers" und stifteten
dem „Palast des 7-fachen Glücks" eine
kostbare Schriftrolle.

In dem „Brunnen der 100 Taler" fielen die
Münzen klirrend auf das gefrorene Wasser.

Nachwort

Wieder zu Hause schrieb Issa über ihre Wanderungen und Freundschaft und Lin malte einige schöne Tuschzeichnungen dazu.

Suzie übersetzte diese Texte später ins Englische und Französische.

Teil 3

Kapitel 13

20 Jahre waren seit ihrer letzten Wanderung vergangen.

Issa saß mit ihrer Enkelin im Garten und erzählte ihr von diesen Wanderungen.

Issas Freundinnen, Suzie und Lin, waren vor kurzem verstorben, obwohl Lin doch, laut Münzen, 200 Jahre alt werden sollte. (Vielleicht hatte die 2. Münze die 1. Münze halbiert.)

Issas Enkelin, Assi, war jetzt in dem Alter, in dem Issa ihre erste Wanderung gemacht hatte, und wollte auch, wie ihre Großmutter Dichtkunst studieren.

Sie liebte Blumen und Bäume und schrieb wunderschöne Naturgedichte.

Sie pflegte den Garten ihrer Großmutter, in dem neben Pflaumenbäumen auch Äpfel-, Pfirsich-, Aprikosen- und Kirschbäume blühten.

Assis Bäume brachten die leckersten Früchte weit und breit hervor und sie bekam überall großes Lob.

Kapitel 14

Issa hatte ihrer Enkelin erzählt, dass auf jedem der Hügel, die sie früher bestiegen hat, jeweils eine berühmte Sorte von Obstbäumen stand.

Die Mönche, die die Gärten pflegten, gaben jedes Jahr, zur Blütezeit, ein Fest mit einem Wettbewerb der leckersten Früchte, zu dem „Gärtner" aus der ganzen Umgebung kamen.

Assi war begeistert. Sie wollte bei den Wettbewerben mitmachen und gleichzeitig die Wanderung ihrer Großmutter selbst erleben.

So machte sie sich an einem schönen Frühlingstag mit 5 kleinen Körben voll Früchten auf den Weg.

Kapitel 15

Als erstes wanderte Assi zum Westhügel.

Die Hängebrücke war inzwischen von einer steinernen Brücke ersetzt worden, und so sparte sie sich den Umweg zum „Tempel des Schwarzen Elefanten".

Sie ging direkt zur „Pagode des Roten Engels".

Dort blühten die schönsten Apfelbäume.

Assi verteilte ihre mitgebrachten Äpfel und belegte Platz 2.

Sie übernachtete im dortigen, neuangelegten Schmetterlingsheim, wobei sie im Traum von Schmetterlingen zart umflattert wurde.

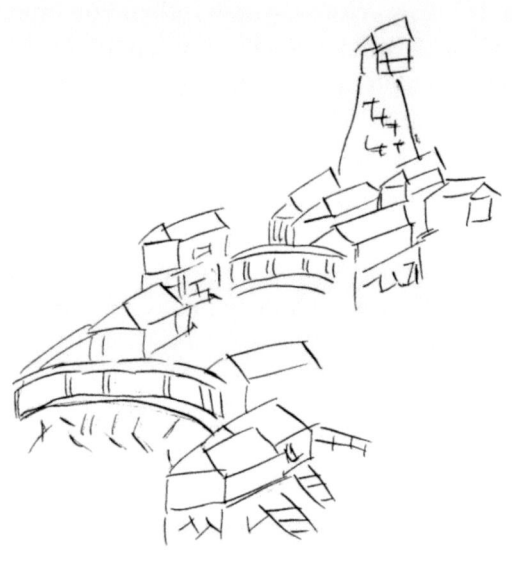

Kapitel 16

Als nächstes kam der Nordhügel mit dem „Turm des Grünen Stiers".

Dort blühten die schönsten Pfirsichbäume.

Assi eiferte mit und machte wieder den 2. Platz.
k
Ebenso auf dem Osthügel, wo beim „Tempel des Lichts" wunderschöne Aprikosenbäume blühten, deren Früchte wie kleine Sonnen aussahen.

Hier suchte sie nach dem Wettbewerb, der ihr wieder den 2. Platz einbrachte, den hiesigen Abt auf, um ihm ein Schreiben ihrer Großmutter zu geben.

Es war dies der Abt, in den sich Issa in frühen Jahren verliebt hatte und dem sie seit dem freundschaftlich verbunden war.

Assi stellte bei dem Treffen eine gewisse Ähnlichkeit zwischen sich und dem Abt fest.

Kapitel 17

Am nächsten Tag wanderte Assi, nicht ohne ein Antwortschreiben des Abtes für ihre Großmutter, zum Südhügel.

Dort trugen die Pflaumenbäume die herrlichsten Früchte.

Assis Früchte waren durch die lange Wanderung zu den Hügeln etwas angegriffen und so machte sie beim „Palast des 7-fachen Glücks" nur Platz 3.

Sie bewunderte dort wie Lin, die Freundin der Großmutter, das Taufbecken und besah sich die Schriftrolle, die die drei Freundinnen geschenkt hatten.

Die Schriftrolle besagte:

Freundschaft bedeutet frei sein und doch gemeinsam durchs Leben gehen.

Auch Assi wollte hier ihren ersten Sohn taufen lassen.

Assi war in Issas Gärtner verliebt, der ihr bei der Pflege der Bäume und Blumen half und träumte von einer Hochzeit mit ihm

Dieser Mann war jedoch schon verheiratet und es schien, als sollte Assis Schicksal dem von Issa folgen.

Kapitel 18

Als letztes nun kam der Hügel der Mitte mit der Kirschblüte.

Die Bauern und Mönche hier wuschen ihre Früchte mit dem Wasser aus dem „Brunnen der 100 Taler", weil sie dann angeblich noch besser schmeckten und noch frischer aussahen.

So wusch auch Assi ihre Früchte.

Und tatsächlich machte Assi mit ihren Kirschen den 1. Platz.

Sie feierte mit den Menschen am Brunnen bis es anfing zu nieseln und ein heftiger Schauer kam, der sich zu einem kräftigen Sturm entwickelte.

Sie flüchteten in das nahe Teerosenhaus.
und schliefen auf einfachen Matten auf der
Erde.

Der Duft der Rosen überwältigte Assi und
sie schrieb die wunderschönen „Rosenge-
dichte", die auch sie später berühmt machten.

Wieder zu Hause gab Assi ihrer Großmutter
den Brief des Abtes und zeigte ihr die
Schriftrollen, die ihre Platzierungen bezeug-
ten.

Zaghaft zeigte sie Issa auch ihre Gedichte
und Issa prophezeite ihrer Enkelin eine
schöne, wenn auch nicht ganz einfache Zu-
kunft.

Teil 4

Kapitel 19

Fünf Jahre waren seit Assis Wanderung vergangen.

Der Gärtner, in den sie sich verliebt hatte, hatte sie zur seiner Geliebten gemacht.

Sie war schwanger.

Verzweifelt wandte sie sich an Dsching, den Sohn von Issas Freundin Lin.

Er war Assis väterlicher Freund und lebte in Hongkong.

Er half ihr aus der schwierigen Lage, indem er sie zu seiner Nebenfrau machte und das Kind annahm.

Der Junge wurde, wie beide wünschten, im „Palast des 7-fachen Glücks" getauft.

Kapitel 20

Issa und der Abt starben am gleichen Tag und hinterließen Assi ein riesiges Vermögen.

Assi erwarb vier Anwesen auf den Diagonalen zwischen den Himmelsrichtungshügeln (West-, Nord-, Ost- und Südhügeln).

Auf der einen Diagonalen war der Hügel der Sonne und der Hügel des Mondes, auf der anderen Diagonalen waren die Hügel des kleinen Sterns und des großen Stern.

In der Mitte war der Hügel der Mitte, auf dem Assi neben dem „Brunnen der 100 Taler" ein Anwesen mit dem Namen „Sternschnuppe" erwarb.

Diese 5 Anwesen waren somit im Einklang.

Kapitel 21

Assi war sehr tierlieb und naturverbunden, und so richtete sie auf dem Hügel der Sonne ein Heim für Pirole ein und auf dem Hügel des Mondes ein Haus für Libellen.

Auf dem Hügel des kleinen Sterns errichtete sie ein Heim für Äffchen (in Gedenken an ihre Großmutter) und auf dem anderen Hügel ein Quartier für Kirschkäfer.

Auf der einen Diagonalen pflanzte sie Alleen von Zypressen, auf der anderen Diagonalen eine Allee von Magnolien.

Kapitel 22

Assis Sohn wuchs heran, war aber ein sehr ernstes Kind.

Sie beschloss, ihn in den „Tempel des Lichts" zu geben, dort, wo auch der Abt gelebt hatte.

Aber Assis Schicksal schlug wieder hart zu.

Ihr Sohn verschluckte sich an einer Aprikose und starb.

Gebrochen zog sie sich in diesen Tempel zurück, um beim Grab ihres Sohnes zu sein und dieses zu pflegen.

Sie schrieb Gedichte über das Sterben.

Kapitel 23

Die Zeit verstrich und ein junger Mönch in dem Tempel weihte sie in die Kunst des Fotografierens ein.

Assi war begeistert und schöpfte neuen Mut.

Sie machte wunderschöne Bilder und verband sie mit ihren Gedichten.

Nach einiger Zeit merkte sie, dass sie wieder schwanger war.

Teil 5

Kapitel 24

20 Jahre waren wieder vergangen.

Assis zweiter, lebender Sohn war Mönch geworden und predigte in ihrem Anwesen „Sternschnuppe" auf dem Berg der Mitte.

Ab und zu besuchte Assi das ehemalige Anwesen ihrer Großmutter.

Dabei erfuhr sie, dass der Gärtner, der sie einst geschwängert hatte, inzwischen Opium süchtig war.

Assi war nun schon lange eine begeisterte und gute Fotografin geworden.

So fuhr sie eines Tages zu einer Fotoausstellung nach Hongkong und besuchte gleichzeitig ihren väterlichen Freund und Ehemann Dsching, der inzwischen alt geworden war.

Auf der Ausstellung lernte Assi, die, wie ihre Großmutter, nicht aufgehört hatte, an die große Liebe und das Glück zu glauben, einen Fotografen kennen.

Sie waren sich auf Anhieb zugetan.

Kapitel 25

Futo, der Fotograf, lud Assi für den Abend zum chinesischen Drachenfest ein.

Überall hingen gelbe Lampions, ein riesiger Drache aus Pappe lief durch die Straßen, man hörte laute Musik und Klänge.

Futo und Assi verliebten sich ineinander.

Dsching, Assis Freund und Ehemann gab Assi auf ihr Bitten hin frei und nach ein paar Wochen heirateten Assi und Futo.

Assi lud ihren Mann in ihre Heimat ein und sie wanderten zu den verschiedenen Bergen und Hügeln.

Dabei wetteiferten sie um die schönsten Fotos.

Assi schrieb dazu wunderschöne Liebesgedichte.

Assi zeigte Futo auch ihre Heime für Tiere
und stellte ihm ihren gläubigen Sohn vor.

Kapitel 26

Bei einer ihrer Wanderungen traf Assi wieder das Schicksal.

Sie rutschte aus und brach sich die Hand, die rechte, ihre Schreibhand.

Futo brachte sie zu einem berühmten Arzt, doch die Hand blieb unbrauchbar.

Assi gab jedoch nicht auf und lernte mir etwa 45 Jahren noch mit der linken Hand zu schreiben, was nur mühsame Fortschritte machte.

Doch sie schaffte es, dank ihrer Liebe zu ihrem Mann und ihrer Liebe zum Schreiben.

Kapitel 27

Assis Sohn war inzwischen ein berühmter Prediger geworden, der Scharen von jungen Leuten um sich versammelte.

Er taufte Kinder im „Brunnen der 100 Taler" in der Nähe seines Anwesens „Sternschnuppe", was ein langes Leben versprach.

Futo wünschte sich von Assi, die inzwischen eine Frau im reifen Alter war, ein Kind, am liebsten ein Mädchen.

Und so bekam Assi, fast in dem Alter, in dem ihre Großmutter Issa schwanger wurde, noch ein Kind.

Es wurde tatsächlich ein Mädchen.

Assis Sohn, der Mönch, taufte das kleine Mädchen, seine Halbschwester.

Teil 6

Kapitel 28

Wieder waren 20 Jahre vergangen.

Asas, Assis Tochter, war zu einer hübschen Frau herangewachsen.

Dsching, Assis väterlicher Freund, war verstorben.

Assi und Futo waren seit 20 Jahren glücklich verheiratet.

Assis Sohn war ein weltberühmter Prediger geworden und lebte und predigte jetzt in Amerika.

Asas fuhr gern Auto.

Kapitel 29

Das Schicksal traf wieder die Frauen der Familie.

Asas hatte einen Autounfall, überlebte ihn aber.

Jedoch ihre Mutter Assi bekam vor Schreck einen Herzanfall.

Asas telegrafierte ihrem Bruder, dem berühmten Prediger, nach Amerika und bat ihn zu kommen.

Assi überlebte den Herzanfall, jedoch stellte der Arzt fest, dass sie Krebs hatte.

Assi wollte noch einmal durch die Hügel wandern.

Kapitel 30

Ein Esel trug Assi. Futo und ihre Tochter Asas begleiteten sie.

Als sie beim „Tempel des Lichts" ankamen, brach Assi zusammen und starb.

Sie wurde neben ihrem 1. Sohn begraben.

Der ehemals junge Mönch, der Assi damals das Fotografieren beigebracht hatte und ihr über den Schmerz des Verlustes ihres 1. Sohnes hinweggeholfen hatte, war inzwischen Abt.

Er predigte am Grab zwischen den Aprikosenbäumen.

Asas war berührt von seiner Sanftheit und verliebte sich in ihn.

Asas Schicksal nahm seinen Lauf.

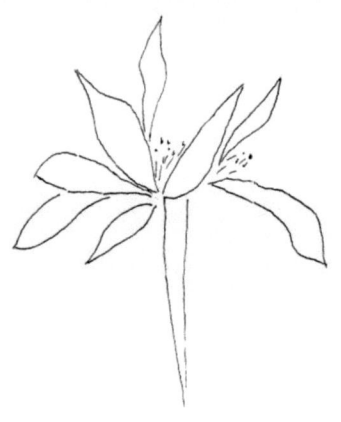

Kapitel 31

Asas malte in ihrer einsamen Liebe wunderschöne Lotusblüten.

Asas älterer Bruder trat aus der Kirche aus und heiratete eine Amerikanerin.

Jedoch starben beide bei einem Flugzeugabsturz.

Nur die kleine Tochter Isis überlebte.

Asas nahm Isis auf.

Sie lebte nun mit ihrem Vater Futo und ihrer Adoptivtochter Isis auf dem Anwesen ihrer Urgroßmutter Issa.

Der Gärtner war an den Folgen seiner Opiumsucht gestorben.

Asas weihte Isis in die Pflege der Gärten ein, die ihre Mutter Assi so geliebt hatte.

Kapitel 32

Wir befinden uns inzwischen in der Neuzeit.

Asas Anwesen umfasst nun alle 4 bzw. 5 Hügel der Himmelsrichtungen.

Asas unternimmt die Wanderung ihrer Ur-großmutter über alle 5 Hügel und die Hügel über den Diagonalen.

Isis begleitet sie auf einem Esel.

Es ist Herbst, die Blätter fallen, es regnet und ist kalt.

In der Allee in der Diagonalen wirbeln die Magnolienblüten nach ihrer zweiten Blüte.

Teil 7

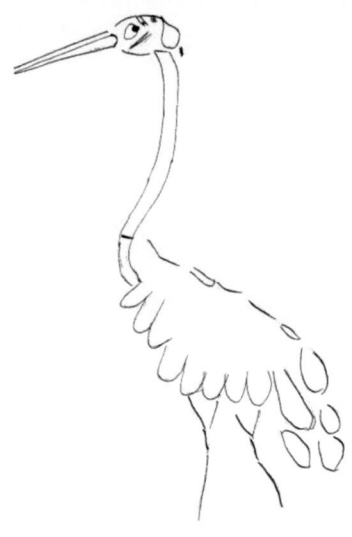

Vorwort

Es ist das Jahr 2100.

Eine Sintflut hat zu Füßen der Hügel Meere entstehen lassen: am Westhügel das Westmeer, am Nordhügel das Nordmeer, usw.

Drei Doktorandinnen machen sich auf zu einer Wanderung.

Am Himmel steht ein Doppel-Mond, Kraniche fliegen über ihren Köpfen.

Kapitel 33

Die Biologie-Doktorandinnen Aura und die Zwillinge Anide und Anada sind Nachkommen von Issa.

Sie wohnen in Höhlenwohnungen in den Bergen und wollen die neu entstandenen Pflanzen und Tiere erforschen.

Sie machen sich auf den Weg zu den Hügeln.

Normale Tempel sind verschwunden, stattdessen gibt es Spieltempel mit Karussellen.

Die neuen Pflanzen haben Namen wie Zypriden und Zedressen, Blumen tragen Namen wie Resen oder Floriden.

Zu den ehemaligen Obstbäumen haben sich neue gesellt: Adaptrosenbäume, Karschbäume, Uffelbäume, Pfardosien- und Pfalunenbäume.

(friedlich)

Sie wachsen in den Gärten der Hügel.

Auf der Diagonalen findet man auch Ma-
dagnolien.

Der Brunnen der Mitte ist zu einem Stausee
geworden.

Kapitel 34

Aura studiert die Vogelwelt.

Da gibt es neue Abzweige der Kraniche, die Kranichel, der Libelle, genannt Labillen oder Schotterlinge.

Anide und Anada interessieren sich mehr für die Säugetiere, speziell für einen Ableger der Affen, die Affuffen, die fast schreiben können.

Aura malt schöne Vogelbilder und gibt Bücher heraus, sowohl Sachbücher als auch Gedichtbände, den sie ist auch Dichterin wie ihre Ahnin Issa.

Aura ist verliebt in ihren Kollegen Fato, einem Meeresbiologen.

Dieser hatte sie zu dieser Wanderung mit ihren Schwestern zu den Meeren animiert.

Am Meer der Mitte will er sie empfangen.

Aura weiß nicht, dass Fato auch in sie verliebt ist und fühlt sich einsam.

Kapitel 35

Aura, Anide und Anada kommen am Berg der Mitte an.

Anide und Anada wollen den dortigen Spieltempel besuchen.

Sie sind weltlicher als Aura, sie rauchen und trinken gerne Sake.

Fato begleitet sie.

Das Dorf Tse, aus dem ihre Ahnin Issa stammte, ist zu einem Wallfahrtsort geworden, da Asas, Issas Urenkelin, dort eine Erscheinung hatte und heilig gesprochen wurde.

Aura besucht diesen Ort.

(heilig)

Anide und Anada haben High-Phones, Aura schreibt lieber Briefe.

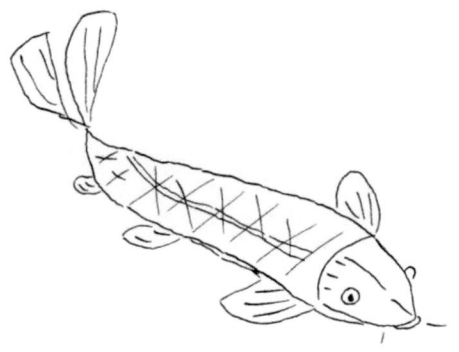

Kapitel 36

Fato weiht die Zwillingsschwestern in seine Gefühle für Aura ein.

Sie bestärken ihn.

Fato gesteht Aura seine Liebe, in dem er ihr einen selbstgemachten Fotoband über Delfine schenkt, mit der Widmung:

Für die kluge und schöne Frau meines Herzens.

Aura und Fato heiraten, doch kurz darauf wird Fato als Soldat in den Krieg zwischen Nord-China und Süd-China eingesetzt.

Auch Aura trägt das Schicksal ihrer Vorfahren.

Kapitel 37

Fato fällt.

Aura zieht sich in eine Höhle zurück und lernt die Sprache der Vögel.

Sie wird im ganzen Land bekannt als die Frau, die mit den Vögeln spricht.

Ein Eremit, der in einer nahen Höhle wohnt, lehrt sie das Bauen von Flügeln und das Fliegen.

Am Tag, als die Doppel-Sonne am Himmel steht, stürzt sie.

Teil 8

Kapitel 38

100 Jahre waren vergangen.

Die Meere waren ausgetrocknet, es herrschte Dürre.

Aura hatte den Sturz überlebt und eine Tochter geboren.

Ihre Urenkelin Ussa machte sich auf den Weg zum Grab von Assi, da dort, der Überlieferung nach, ein immerblühender Aprikosenbaum stand.

Kapitel 39

Wieder waren 100 Jahre vergangen.

Es war die Zeit der Farben.

Bunte Planeten umkreisten die Erde. Überall gab es bunte Früchte: gelb - rot - blau, die Bäume waren lila und orange.

Anca lernt bei einer Wanderung einen Bauherren kennen.

Dieser soll auf den Hügeln Türme errichten: den „Turm der Roten Kuh", den „Turm des Gelben Affen", den „Turm der Blauen Libelle" und den „Turm der Goldenen Mitte".

Anca findet bei den Bauarbeiten im Keller des „Turms des Grünen Stiers" mehrere Bücher:

(Schatz)

einen Gedichtband von Issa und die Geschichte über ihre Wanderung, Gedichte und Fotos von Assi und Zeichnungen von Asas.

Außerdem ein mittelalterliches Buch aus dem 15. Jahrhundert.

Kapitel 40

Anca liest die Geschichte von Tari und Tissa.

Die beiden waren Konkubinen im kaiserlichen Palast. Tari schrieb, Tissa malte.

Beide hatten mongolische Vorfahren, ihre Großmutter Ola hatte sie an den Kaiser verkauft.

Tari und Tissa durften nur 1 Mal im Jahr außerhalb des Palastes und machten Wanderungen zu dem Berg der Mitte oder Segelfahrten auf dem See der Mitte.

Eines Tages begegneten sie im Wald der Mitte einem Tiger.

(Palast)

Tari erstarrte vor Schreck und als die Gefahr vorüber war, wurde sie wieder lebendig, nur ihre Ohren blieben taub.

Der Kaiser rief die besten Ärzte an seinen Hof und diese versuchten es mit Akupunktur.

Und tatsächlich konnte Tari bald wieder hören.

Kapitel 41

Tari und Tissa waren verantwortlich für den kaiserlichen Garten und Tissa malte wunderschöne Blumen- und Gartenbilder.

Tari war heimlich verliebt in ihren Diener, einen schönen Eunuchen.

Sie schrieb wundervolle Liebesgedichte an einen Unbekannten.

Der Bruder des Kaisers bezog diese Gedichte auf sich und machte Tari zu seiner Frau.

Am Tag der Hochzeit kam ein großes Gewitter auf, es blitzte und donnerte.

Tari wusste nicht, ob das ein gutes oder schlechtes Zeichen war.

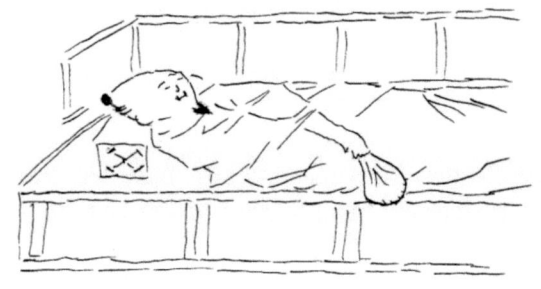

Der Kaiser starb und sein Bruder wurde das Oberhaupt der Familie.

So wurde Tari die 1. Frau des Staates.

Sie schenkte ihrem Mann einen Sohn und eine Tochter.

Der Sohn starb früh an einer fremden Krankheit und so blieb Tari nur ihre Tochter, an der sie sehr hing.

(Kaiser)

154

Kapitel 42

Als Lanna, ihre Tochter, älter war, begleitete Tari ihren Mann, den Kaiser, auf seinen Besuchen in der Provinz und in die großen Städte.

Während er Reden hielt und mit den Staatsmännern sprach, wanderte Tari mit ihrer Tochter.

Tissa begleitete sie.

Sie erkundeten die West-Inseln, die Nordinseln, die Ost- und die Südinseln.

Tari hatte nach ein paar Jahren ganz China erkundet.

Auf dem Weg zu den Inseln der Mitte traf Tari das Schicksal.

Kapiel 43

Es war die kalte Jahreszeit und viel Schnee gefallen.

Auf den Inseln der Mitte stand ein hoher Berg, den Tari, Lanna und Tissa besteigen wollten.

Eine Lawine löste sich und begrub Tari und Lanna unter sich.

Tissa versuchte Hilfe zu holen, nur Lanna konnte gerettet werden.

Tissa nahm Lanna in ihre Obhut und hatte Glück im Unglück. Der Kaiser, in den sie heimlich verliebt war, schätzte sie sehr.

Und da er eine neue Frau an seiner Seite brauchte, heiratete er Tissa nach einem Jahr.

(Natur)

Tissa gebar ihm noch 4 Töchter.

Da sie um ihre Schwester trauerte, malte sie bis an ihr Lebensende wunderschöne Schneelandschaften.

Nachwort

Hier endete das mittelalterliche Buch und Anca legte es beiseite.

Das war nun 800 Jahre her.

Von Lanna hatte Anca gehört bzw. gelesen.

Sie war die 1. regierende Kaiserin gewesen.

Teil 9

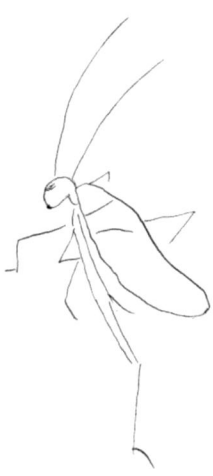

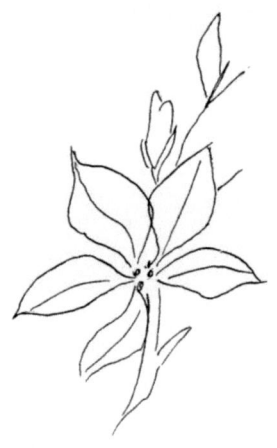

Kapitel 44

Anca befand sich im Keller des „Turms des Grünen Stiers“.

Sie hörte ein Klopfen unter sich und entdeckte eine Falltür.

Anca kletterte hinunter und kam in einen Tunnel, der in eine weitläufige Höhle führte.

Dort lebte das Volk der Pecis.

Ihr Anführer Pici nahm sich ihrer an.

In der größten Höhle entdeckte Anca an den Wänden Hunderte von Fächern mit einfachen Schriftzeichen, Blumen und Insekten.

Die Pecis waren klein und hatten schwarze Haut. Auf ihren Schultern hatten sie kleine Hörner, ein Überbleibsel vom Fliegen.

Pici, der Anführer, führte sie durch das Tunnelsystem.

Kapitel 45

Es begann unter dem Nordhügel hin zum Westhügel, Südhügel und dem Osthügel.

Beim Hügel der Mitte öffnete sch das Höhlensystem und Anca trat in einem ihr unbekannten Teil Chinas wieder auf die Erde.

Pici hatte ihr von seinen Verwandten, dem Feenvolk der Annen erzählt.

Diese hatten noch ihre Flügel.

Und tatsächlich:

Als sie über sich in den Himmel schaute, sah sie Scharen von fliegenden Wesen, mit Flügeln, die rosa und silbern glänzten und geschlitzt waren.

(Himmel)

Pici verabschiedete sich und wünschte Anca eine gute Heimreise.

Kapitel 46

Anca wanderte etwas ziellos durch die unbekannte Landschaft, bis sie zum Strom der Mitte kam.

Sie baute sich ein Floß und kam nach etlichen Tagen wieder beim „Turm des Grünen Stiers" an.

Der Bauherr Fito, der sie schon vermisst hatte, freute sich, sie wiederzusehen.

Nachdem Anca ihm von ihren Erlebnissen erzählt hatte, ermutigte er sie, diese aufzuschreiben.

Kapitel 47

Anca und Fito heirateten und Anca bekam Tochter Anra.

Fito drängte Anca immer öfter, mit ihr eine Wanderung zu dem Tal der Feen zu machen.

Als Anra größer war, ließ sich Anca überreden und sie wanderten los.

Sie fanden tatsächlich die Gegend wieder.

Es war gerade Sonnenuntergang und die Annen feierten ihr Silberfest.

D. h. überall in den Bäumen saßen Silbervögel, auf der Wiese waren silberne Blumen verteilt und auf dem See schwammen Silberschwäne.

Alles funkelte und als Höhepunkt flogen die Feen mit silbernen Räucherstäbchen durch die Luft und zeichneten Formen und Tiere in den Abendhimmel.

Und wieder schlug das Schicksal der Frauen zu.

(Herz)

Kapitel 48

Anca, die von Geburt an ein schwaches Herz und ein zartes Gemüt hatte, war so ergriffen, dass sie zu Boden sank und entschlief.

Fito und seine Tochter Anra lebten nun alleine in dem kleinen Haus neben dem „Turm des Grünen Stiers".

Anra hatte sich mit Pici angefreundet.

Sie besuchte ihn oft, um die Schriftzeichen auf den Fächern zu lesen.

Es waren einfache Zeichen.

Nachwort

Das Zeitalter der Farben ging zu Ende und
die Zeit des Silbers begann.

Altertümliche Gedichte wurden wieder
beliebt und über ganz China flogen die silbernen Feen.

- Ende -

Anhang

Frieden

(Gedichte von Issa)

Vorwort

Anca fand im Keller vom „Turm des Grünen Stiers" mehrere Bücher, darunter einen
Gedichtband von ihrer Vorfahrin Issa.

Aus diesem Gedichtband sind folgende Gedichte.

月高立天

紫金東

皇宮

Am Himmel steht hoch der Mond,
im Osten funkelt golden
der Palast des Kaisers.

月 奄 雲
采 春 燕
載 風

Eine Wolke bedeckt den Mond,
eine Schwalbe fliegt tief,
der Wind trägt sie.

忘重泰
昔今握福
永

<u>Vergessen</u>

Die Vergangenheit ist schwer,
heute ist friedlich,
die Ewigkeit hält das Glück.

感 詢 無
感 云 無
廿 澤 雲

Das Gefühl fragt nichts,
das Gefühl sagt nichts,
es ist süß und rein wie eine Wolke.

神　惜

能　觀

光　氣　流

水　蒸　並

突　撓

Den Geist verehren,
die Fähigkeit zu beobachten,
Licht und Luft fließen,
Wasser und Dampf verbinden sich,
Frieden sammeln.

顯忘玩

樂宇龍

Glücklich erscheinen,
das Universum vergessen,
mit dem Drachen spielen.

奄 福 地

奄 聞 惜 皇

握 し 亂 石

　　波 亂

Den Boden mit Glück bedecken,
den Kaiser verehren,
den Stein hören,
das Chaos bedecken,
die Welle festhalten.

麗夏
夕休
慶後　飲
史壽隨
麗道陛

Schöner Sommer

In der Dämmerung ausruhen,
die verschwenderische Feier,
auf die Geschichte und Langlebigkeit
                              trinken,
dem schönen Weg folgen.